KB080100

이숙희 시집

LEE SOOKHEE
상점일기

우인북스

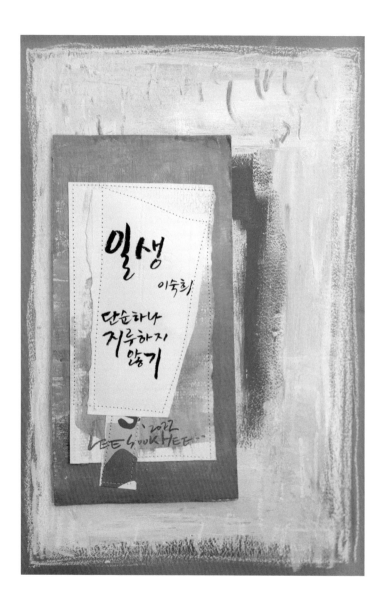

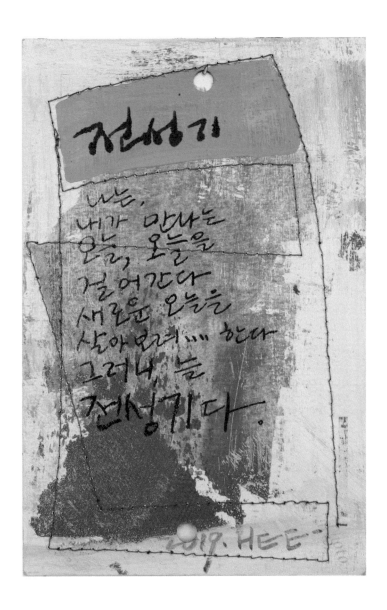

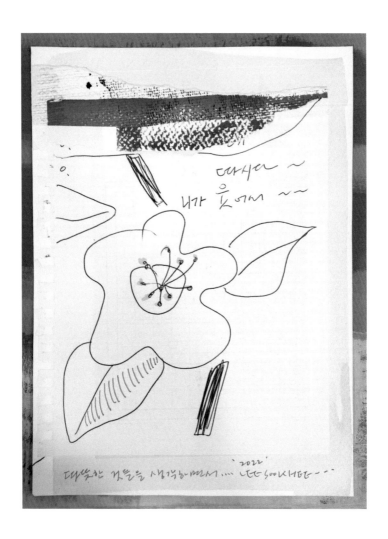

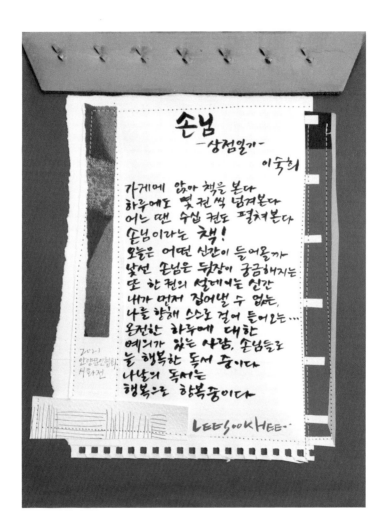

손님
－상점일기－
이숙희

가게에 앉아 책을 본다
하루에도 몇 권씩 넘겨본다
어느 땐 수십 권도 펼쳐본다
손님이라는 책!
오늘은 어떤 신간이 들어올까
낯선 손님은 뒷장이 궁금해지는
또 한 권의 설레이는 신간
내가 먼저 집어낼 수 없는,
나를 향해 스스로 걸어 들어오는…
온전한 하루에 대한
예기가 있는 사랑, 손님들로
늘 행복한 독서 중이다
나날의 독서는
행복으로 향복중이다

LEESOOKHEE·

낮술

이 숙 희

봄은 갈 을 대로 갔었고
마음은 아플만큼 아프다

소리없이 벚꽃은
천지간으로 사라졌다

더 검어질 밤은 너무 멀고
마루 끝 섭드령한 봄볕 붙잡는다...

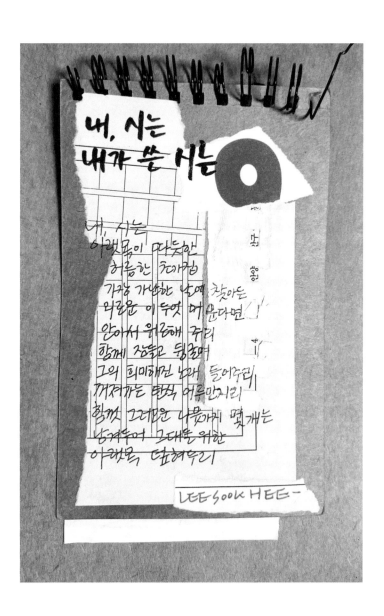

김춘수 詩人의
눈썹

보이지 않는
세계를 보는
눈의
거봉

2004. 11. 12.
여천 허 선생을 보며

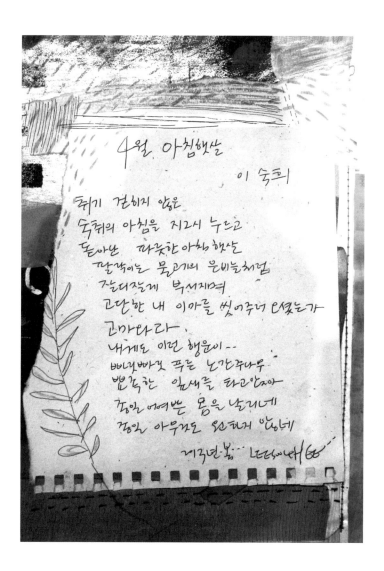

4월. 아침햇살

이 숙희

뀌기 걷히지 않은
숙취의 아침을 지그시 누르고
돌아본 따뜻한 아침 햇살
잘색이는 물고기의 은비늘처럼
잘더잘게 부서지며
고단한 내 이마를 씻어주려 안겼는가
고마와라
내게도 이런 행운이··
빠녀빠녓 푸른 노간주나무
뾰족한 잎새를 타고앉아
잠깐 여여쁜 봄을 낳기네
잠깐 아무것도 원하지 않네

계묘년 봄··· 니디씨에(∞)

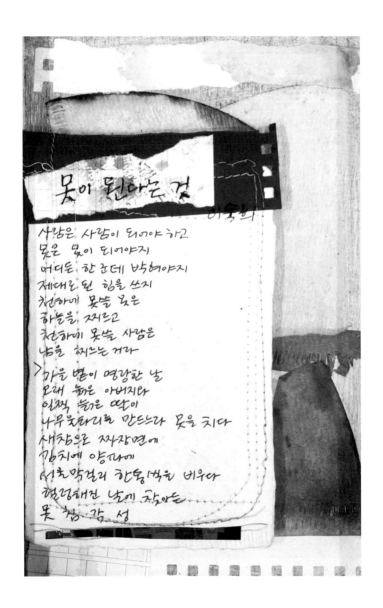

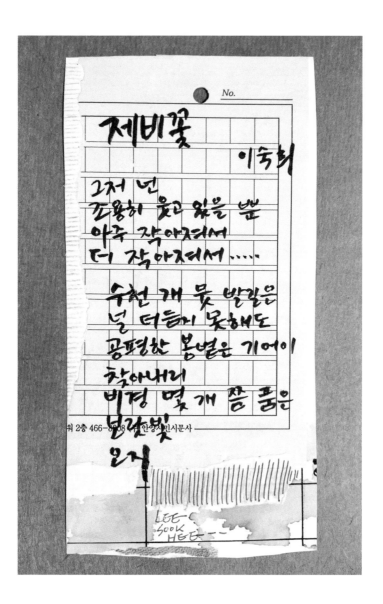

# 출근길
### -상점일기
### 이숙희

누구든 제 아는 만큼 산다
제 사는 만큼 안다
사랑을 더 주는 이 있고
사랑을 덜 받는 이 있다
아는 만큼이 달라
한 발 더 나서는 이 있고
한 발이 부끄러운 이 있다
미처 몰랐거나,
으로 누락시켰던
'나'를 더듬어
천천히, 느긋하게
한발을 떼 본다.

2020 안양문인협회 N타전

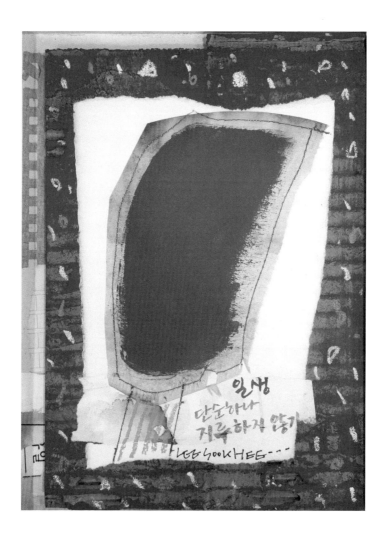

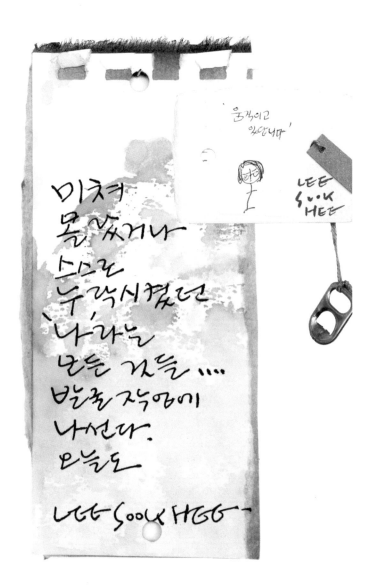

# 상점일기

이숙희 시집

# 상점일기

초판 1쇄 인쇄 2022년 12월 18 일
초판 1쇄 발행 2022년 12월 25 일

지은이/이숙희
펴낸곳/도서출판 우인북스
등록번호/385-2008-00019
등록일자/2008년 7월 13일
주소/안양시 동안구 시민대로 272, 1305호
전화/031-384-9552
팩스/031-385-9552
E-mail/bb2jj@hanmail.net

ⓒ 이숙희 2022
ISBN 979-11-86563-31-1
값 14,800 원

이 책은 경기도, 경기문화재단의 후원을 받아 발간되었습니다.

# 상점일기

이숙희 시집

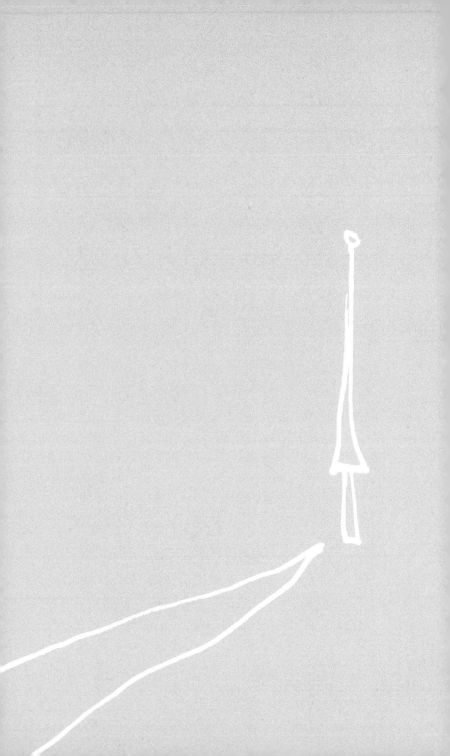

　자기는 예술가야, 똥 누는 사람! 나는 그 똥이 푸른 색인지 누런색인지 겨우 알아낼 수 있는 파리한 비평가, 그러니 자기는 자기 마음대로 해도 돼.
　생전의 남편은 잘난 곳 한 군데도 없는 마누라를 늘, 다정하게 이해했다.

　세 번째 책을 만들게 될 줄은 몰랐다. 안양문인협회 홍미숙 회장의 독려와 격려였다. 순전히…
　세 권의 시집을 모두 만들어 준, 비스듬한 올바른 이백영미 편집자와 사진가 전효복에게도 감사한다. 삼십오 년여 함께한 화요문학 동인에게도 감사한 마음뿐이다. 그리고 지금은 지상에서 함께 하시지는 않지만 단 한 분의 스승! 시인 김대규 선생님, 목소리 듣습니다.
　그려, 잘했구먼, 니 맘대로.

2022년 12월, 이숙희

# | 차 례|

## 시 그림

2       일생

3       전성기

4       따시다

5       손님

6       낮술

7       내, 시는, 내가 쓴 시는

8       김춘수 시인의 눈썹

9       4월 아침 햇살

10      못이 된다는 것

11      제비꽃

12      출근길

13      단순하나 지루하지 않기

14      움직이고 있답니다

15      기적

16      오늘

21      시인의 말

## 제1부 · 따순 볕 받은 헐렁한 담벼락 밑에

28      입춘

29    동대문행

30    선거 날

31    오천 원과 함께

32    오늘, 도시락

33    상점일기

34    어느 하루 점심 메뉴

36    손님

37    구래쩌

38    살구 한 알

39    봄날 오후

40    출근길, 2019년 3월 13일

41    2022년 여름, 여름

제2부 · 보글보글 봄이 끓고 있습니다

44    제비꽃

45    낮술

46    나는 피었다

47    말복

48    숨어 있는 봄

49    막걸리

50    2021 가을, 내가 내게

51 환갑

52 고향 역

53 오래된 유실수

54 자화상

55 2022년 여름 어느 날

56 2022년 8월 24일 새벽 3시 25분

57 내, 시는, 내가 쓴 시는

제3부 · 마당 구석 빈 땅에 꾹꾹

60 오랜 시간 한 곳을 무연히 바라보는
한 사람의 뒷모습 같은
쓸쓸한 빛들이 떠돌고,
기웃거리는 가을날에는,

62 작은 위안

63 파종

64 이상하리만치 완벽한 가족

65 신장개업, 숯불화로구이 집

66 자랑

67 1937년생 전대순 여사의 요즈음

71 앙콜극장, 어무이의 가을 이야기

72    잠이 오지 않는 밤

73    첫눈

74    지금

제 4 부 · 내면의 회로를, 바꾸는…

78    이숙희

79    외출

80    삶

81    명상

82    금주

83    다 시든 꽃다발에 묶인 리본

84    어떤 대답

85    걸어야 할 결심

86    2022년 11월 28일, 새벽 3시 2분 전

87    칼국수를 먹으며

88    2022년 7월 26일 새벽 4시 37분

89    2004년 5월 11일, 화요일

90    출근길

91    가을 일기

92    땀의 결과

# 그림시

93       예술버스

94       단꿈

95       둘이서

96       뚜벅뚜벅

97       상점일기

98       내가 쓴 시간 1

99       내가 쓴 시간 2

100      슬픔을 모를 걸 그랬어

101      오늘

102      이제부터 고등어

103      벚꽃

104      2018, 심심타파

105      개천가의 나무

106      연못으로 놀러 오는 바람

107      원고지가 있는 방

108      2021, 가을

109      자화상

110      둘이서

111      아리아리

112      커플

**제1부**

따순 볕 받은 헐렁한 담벼락 밑에

# 입춘

당신이 기다리고 좋아했던
봄이 왔어요
따순 볕 받은 헐렁한 담벼락 밑에
웅크린 풀들이 먼지를 털어내고
실금 간 담장 허리를 떠듬떠듬 노리고 있어요
나는 지금부터라도
공들여 쌀을 씻고
공들여 가게의 손님을 맞이하고
공들여 봄 물든 하늘을 올려다볼 거예요
그리고 더더욱 공들여
스스로를 들여다볼 거예요
오늘은 내가 무얼 좋아할 건지
어느 곳을 더 오래 바라볼 건지
당신이 기다리고 좋아했던
봄이라서요!

# 동대문행

서울행 첫 전철을 탑니다
새벽 5시 30분, 전철역은
하루를 또 올라야 하는 이른 새벽 같은
사람들로 가득합니다
저는 동대문시장으로 갑니다
오늘 아침은 제법 봄바람이네요
새 탄을 얹은 가게의 난로는
시장을 다녀올 댓 시간 동안
잘 타고 있을 겁니다
든든한 하루의 밑불 만들어 놓을 테지요
어디쯤에나 떼어 놓았을까요
상쾌하게 나누었던 이야기들은…
웃음들은… 꼭꼭 숨어 있는
그들도 한 번 불러내 볼 요량이 생기네요
저 혼자 타고 있는 연탄불 때문인지
오늘분 엄두의 분량을 내볼랍니다
저는, 동대문시장으로 갑니다.

# 선거 날

투표하러 갑니다
날씨는 점점 더 좋아져서…
돈 벌어야 하는데
뒤 시간 가게 문 닫아야 합니다
덜 나쁜 X을 뽑으러 갑니다
함석헌 선생의 조언이랍니다
꼭! 손님 여러분 꼭!
투표하십시오
저는 점심까지 맛나게 먹고
오후 2시쯤 가게 문을 열 예정입니다
에잇! 조금은 손해날지도 모를
오늘이지만
저는 투표하러 갑니다.

# 오천 원과 함께

토요일 아침
가게 문을 열고 들어온 첫 손님이
집어 든 메뉴는 정가 오천 원의 모자
- 천 원만 깎아 주시면 안 돼요?
하루 종일 중 몇 번은 듣는 말
- 좀 깎아 줘요…
대체 삶은 어디까지 걸어가야
모두 행복할 수 있는 것인지
이익을 위한 눈곱만한 대화들이
밥이 되고, 몸이 되어 오늘이라는
산맥을 오르는 차진 근육으로
돌아날까요?
쉽게 달아나지 않을 생의
잔고가 될까요?

긴 하루 - 발길 뗍니다
개시했습니다.

## 오늘, 도시락

떡, 지난 설에 먹고 남은

떡국떡 반 공기

물에 불려 놓고…

감자 큰 것으로 한 알

역시 불려 둔 표고버섯 대여섯 개

홍당무 반토막 양파 중간 것 반 개

간장 두세 스푼 설탕 약간

매운 고추 두 개 성큼성큼 썰어 놓고

참기름, 올리브기름, 콩기름 중 있는 대로

휘휘 둘러서 시간차를 갖고

윗 재료들을 볶아주면

점심 도시락 완성!

아! 후춧가루도 약간

파슬리 가루 톡톡도 늦기 전에

입장하시지

출근하자.

# 상점일기

2014년 5월 28일
저녁 8시 30분 가게 문 닫다
가겟세 – 이십만 원
작업실비 – 이십만 원
창고비 – 칠만 원
며칠 전 도매상 외상값 – 칠만 구천 원
중고 에어컨 설치비 – 십만 원
술술 빠지고 난 통장의 잔고는 2,710원
차가운 캔맥주의 안주로
냉장고 야채칸을 뒹굴던
매운 고추와 대파와 애호박에
느타리버섯까지 불려 나와 끓인
칼칼한 라면 한 냄비가
막바지 한밤중을 땀나게 한다
흠뻑! 뻘뻘!!
오늘을, 모든 것을 총동원한
나를 풀어본다.

# 어느 하루 점심 메뉴


우리 동네 공장 주변에는 중국집도 많다네
나날의 점심때에는 고민도 많다네
어느 중국집을 외면해야 할까
그들이 보낸 선물
이를테면 각종 필요한 것들을 모두 담은
– 이쑤시개, 귓속 청소용 면봉 등– 조그만 상자들을
보면⋯ 크 흐흐 마음이 아프다네
그래도 비장하게 한 집의 전화번호만
꾹꾹 눌러야 한다네
그래, 오늘은 고향반점이다
아저씨!
짜장면 곱빼기 하나에
보통 둘
우동 한 그릇이요
철가방 아저씨들은 안다네
그다음 말을 하지 않아도
겁나게 빨리 와야한다는 '사실' 을
그러지 않으면

뽑히기 어렵다는 '사실'을
그래야 오늘이 오늘이 된다는 이유를
그 이유를… 그 무서움을…

# 손님

가게에 앉아 책을 본다
하루에도 몇 권씩 넘겨본다
어느 땐 수십 권도 펼쳐 본다
손님이라는 책!
오늘은 어떤 신간이 들어올까
낯선 손님은 뒷장이 궁금해지는
또 한 권의 설레이는 신간
내가 먼저 집어낼 수 없는,
나를 향해 스스로 걸어 들어오는…
온전한 하루에 대한
예의가 있는 사람, 손님들로
늘 행복한 독서 중이다
나날의 독서는
행복으로 항복 중이다.

# 구래쩌

지난해 임신을 했다는
단골손님이 아기와 함께
가게를 찾았다
햇볕 따뜻한 봄날
아기가 상점 안에서
발걸음을 떼었다
가게에 있던 중늙은
아주머니 손님들, 일제히
구래쩌
오구오구
구래쩌~
양손들이 먼저 아기에게로 앞장선다
신이 난 아기는 활짝활짝
발짝을 떼고, 그런다
마구 그런다.

# 살구 한 알

단골손님이
그녀의 마트 꾸러미에서
꺼내 준 살구 두 알
가게의 손님과 한 알씩
나누어 먹었다

이렇게도 익을 수 있다니…

한 알의 살구는 저물어가는
내 몸속으로 들어와
꽝 꽝 꽝
발자국을 남기며
살구로, 살구로
다시 눈뜨고 있다.

# 봄날 오후

몰랐던 것이
모르고 있는 것이
너무 많다는 걸
느끼기 딱 맞은
한낮이 길어진
봄날 오후
손님들도 오늘의
나처럼인지
손님 뜸한
봄날 오후.

# 출근길, 2019년 3월 13일

맑은 날이 뿜어내는
깊은 그림자를 밟으며
가게로 갑니다
나뭇가지 끝이 흔들리고 흔들리면
잎도 나고, 꽃도 피울 겁니다
웃음 나는 입구로,
나뭇가지의 선명한 흔들림이
이끄는 듯합니다
괜히, 더, ,
기운이 나는 출근길입니다
나 또한 흔들리는 오늘로
걸어 들어갑니다
저, 나무처럼 곧
푸르러질 거라…
탐내면서요.

# 2022년 여름, 여름

매일, 매일.
여는 조그만 상점
뭐, 특이점이 있을까마는
그래도 생각한다
오늘이라는 창의성에 대해
그 발굴작업에
오늘도 가담한다
반복적으로
적극적으로
무심하게도…

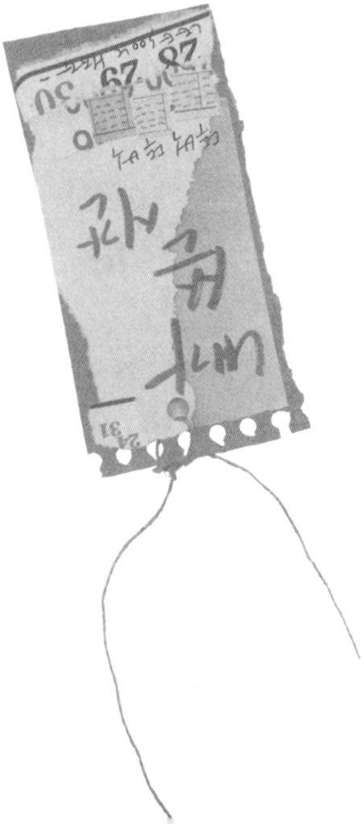

제2부

보글보글 봄이 끓고 있습니다

# 제비꽃

그저 넌
조용히 웃고 있을 뿐
아주 작아져서
더 작아져서…

수천 개 뭇 발길은
널 더듬지 못해도
공평한 봄볕은 기어이
찾아내리
비경 몇 개쯤 품은
보랏빛
오지.

# 낮술

봄은 깊을 대로 깊었고
마음은 아플 만큼 아프다
소리 없이 벚꽃은
천지간으로 사라졌다
더 검어질 밤은 너무 멀고
마루 끝 심드렁한 봄볕 붙잡는다.

# 나는 피었다


보글보글
봄이 끓고 있습니다
진달래, 개나리, 왕벚나무, 목련……
함께 모여 맛을 냅니다
숟가락 넣지 않아도
배부릅니다
웃음 납니다.

# 말복

반계탕 5000원
가끔 들르는 도서관에서
밀려드는 여름을 먹는다
몇 번 버스를 타고
얼만큼 가면 만날 수 있는 건지,
어린 동생의 목을 타고 흐르던
땟국물처럼 튼튼했던 여름은…
플라스틱 밥공기에 잔뜩 담긴,
고봉밥에서 와글거리던
여름들이 패잔병처럼
걸어 나온다.

# 숨어 있는 봄

그냥 두어도 되는데
구석구석 몸 뒤척이는
상점 바닥의 먼지를 쓸어내고
시든 아이비 꽃잎을 자꾸 쓰다듬고
비뚤어진 그림 액자도 고쳐 만져보고
위대한 인물이 밑으로 가게
주머니 속 천 원짜리 지폐도 꼼꼼히 세어
주머니에 다시 찔러 넣고
스마트 폰으로 확인된 문자를
불러내고 불러내 보아도
꺼져주지 않는 이 지루함
인이 박이지 않은 생의 어색함…
대체 언제 나타날 거냐?
넌!

# 막걸리

내가 집으로 돌아가는
단 한 발짝의 힘이 남았다면
지팡이라도 짚어 간신히
집으로 돌아갈 힘이 보태어진다면
너를 한 병 품어 안으리
가슴 맨 밑바닥에 고요히,
너무 오래 누웠을 딱딱해진
쾌락을 일으켜 세우리
아프지 않게 집으로 돌아가리
어쩌면 남아 있을지도 모를
꿈의 종점으로 향하리.

# 2021 가을, 내가 내게

스스로 가진 힘으로,
옹색하지 않은 생각으로,
한 발 한 발
두둥싯 걸어야지
좋은 기분을 조금만 더 만들어,
가을을 만나야지

살았으니,
살아야지.

# 환갑

그렇게 길고 긴 날을
적지 아니 헤매었으면
똑똑해질 때도 되었건만
몸도 병들고
바보에게 무어 성한 구석이
남아 있겠냐마는
그래… 그래서,
이제부터다
내 맘대로다
내가 되어 볼 테다.

# 고향 역

나는 행복한다
내게 희망된
너무 멀리 떨어진
모든 것들에 대해.

# 오래된 유실수

가지가 찢어져라 열매를 만들었다
산이 산을 바라보는 것을 보면서
새가 새를 사랑하는 것을 보면서
너무 오래 아픈 매를 맞았다.

# 자화상

다시, 오늘

나로 나로
살을란다

날로 날로
살을란다.

# 2022년 여름 어느 날

자신 있는 하늘 속 구름
그, 아래 우렁우렁
노란 해바라기
오래된 회화나무 그늘 아래
모인 조촐한 바람을 따라
새것이 된 듯한
내 발걸음
난, 점심 먹으러 간다.

# 2022년 8월 24일 새벽 3시 25분

오늘이
어느 날이어도
어떤 날이어도
노래하며 걷는다
내 걸음의
이름은
개미를 업은
베짱이.

## 내, 시는
## 내가 쓴 시는

내, 시는
아랫목이 따듯한
허름한 초가집!
가장 가난한 날에 찾아드는
외로운 이 두엇 머문다면
안아서 위로해 주리
함께 잠들고 뒹굴며
그의 희미해진 노래 들어주리
꺼져가는 탄식 어루만지리
힘껏 그러모은 나뭇가지 몇 개는
남겨두어 그대들 위한
아랫목 덥혀두리.

오랜 시간 한 곳을 무연히 바라보는
한 사람의 뒷모습 같은
쓸쓸한 빛들이 떠돌고
기웃거리는 가을날에는,


옛날 집이 제일 좋은 집
옛날 친구가 제일 그리운 친구
옛날 음식이 제일 생각나는 음식
무심히 그런 것들이 툭
불거져 선명하다


여어는 장 따시
언 손 녹구로 알로 오온나
된장국 맛나는 밥상 차려서
춥제,
언손 붙잡아 끌어당기며
밥숟가락 와락 쥐어 주시며
둥글게 울리던 할머니 말씀


그때는 좋은 줄 몰랐던
옛날의 어느 저물녘
영 돌아올 줄 모르는…

빙긋이 웃던 할머니 눈썹
부적처럼 떠 있던
따순 방안의 조그만
봉창.

# 작은 위안

밤이다
내 맘만큼
검어진 창밖의
벗나무에 츠륵츠륵
모여드는 가을 빗소리…
누군가도 그 소리
쳐다보는지
어둠 안에서도 확연하다
벗나무!
……
……
어느 맑은 날
수줍은 웃음 수만 송이
저 나무를 덮으리.

# 파종

얼마 전,
TV 프로그램에서…
구순이 넘었다는 촌 노인이
장마 오기 전 쪽파 씨를 쬐금
마당 구석 빈 땅에 꾹꾹
눌러 심는 걸 보았다
새벽에 일어난 나도
머릿속을 실실 떠다니던
낱말 몇 개 건져 올려
빈 공책으로 옮겨 앉혀 본다
한 계절만 지나도 쪽파는 성글성글 자라나
할머니의 아들네로, 딸네로
빠져서는 안 될 맛난 먹거리로
옹골시리 태어날 테지만
내 머릿속 낱말 몇 개는 언제나 자라나서
외론 사람 한 번씩 쓰다듬을지…
턱턱 숨막히는 이른 더위 앞에서
그냥 한 번 큰숨 쉬어 본다.

# 이상하리만치 완벽한 가족

전주 서학동
백반집에서 들은 얘기
한때는 그림을 그렸다는
50대의 그 남자에겐
아직도 나물을 맛나게 무치는 노모와
갓 초등학생이 된
어린 딸이 있다나
이렇게 세 식구 사는데
그 남자 어린 딸과 좀 더
함께하는 시간을 가지기 위해
주 사일 근무에 월 이백만 원을
받기로 하고 공장에 취직했다는데
매일 웃음만 난다누만
손뼉 친다누만.

# 신장개업, 숯불화로구이 집

바람 부는 십일월
가을비는 나뭇잎들과 함께 날리고 있다

창밖 젖은 은행나무에 머리를 기댄
남자의 팔목을 어린아이가 잡아끈다

살아있다면 죽어가는 이를 위해
한 번쯤 고개를 숙여도 좋을
어둔 밤

시끌벅적한 고깃집, 화로 위의
지글지글한 고기를 한 입씩 잘랐다.

# 자랑

개똥밭에 굴러도
좋다는 이승에서
어찌어찌
환갑이 되었다
혈육과도, 혈육 같은 사람들과도
맛난 밥상에 앉아 웃고 웃었다
그 밥이 달았고
그 밤도 달았다
이 달달함을 끓이게 하신
어머니!
나보다 더 정신이 좋으신
어머니!!
엄마가 살아계신다.
나는,

# 1937년생 전대순 여사의 요즈음

봄이 어째 피고
여름이 머 그르케 더벗는지
가을이 언지 섰다 언지 떠났는지
그래 이제사 뼈골이 시린 건 알겠네
머든지 다 가고
이르케 뚜디리야 정신 채리는
가늘아 빠진 이 두 다리 남은 건 알겠네
그기 어짓일인데 돌아 보이 돌아볼 것도 없네
온 아침? 아침 먹었지
지금이 밋씬데
요새 들어 부쩍 입맛도 없고 해서 한 숟갈 떳다
영감님은 뼛국 하나마 있으마
지금도 밥은 잘 자시어
국 한 그릇 밥 한 그릇 잡사도
꼬치꼬치 말라서 그래도 밥맛은 좋으시대야
다행은 다행이지
어지도 화토치다가 그런 얘기 또 나왔구만
고물은 이제 고마 줍자고

여름내 만날 새북같이 올라가던
유원지도 안 올라간 지 한참 댔구만
사람도 사람도 그래 놀러 와싸서
고물은 잘 줏어 팔았는데
추석 지나고는 머 한 번도 못 올라갔어
새북에 나갈라 하면 우째 씰씰한기
다리도 더 아프고
추석 전에 두째 딸년이 와가지고는
한바탕 퍼붓고 갔어
그거 몇 푼 벌자고 큰 병 얻으면 어떡할라느냐고
지랄을 해대고 갔다고
자슥들이 고마 하라는데 고만 두야지
진짜로 그라다가 아파 드러눕으만 우짜겠노
자식들한테 물려준 것 없는데 골칫덩어리 넘기 줄 순
없잖나
그래 고물은 고마 줍자 해놓고 영감님은 자잔고 끌고
나가시미 온 아침에는 고마 성질을 팩 부리네
고만둘 때 고만두드라도

고만 줍자는 말은 하지 말라캐미
고래고래 소릴 지르드라고
문디 같은 인간 입맛 없어 밥 못 먹은
내 배 채울라꼬 소리치는가
어데서 기운이 나는지 목소리는 삼수갑산도 가여
그래 나가디만 빈 자잔고로 금시 들왔드라고
길거리가 말가이 줏을 것도 없다 캐미
그것도 먹고 살끼라고
고물보다 고물 줍는 사람이 더 많대여
영감님은 물리치료 받으로 병원 가시고
나는 지금 침 마즈러 나가야 대여
영감님 점심 채리 주고
같이 점심 한술 뜨고 나가야지
나갔다가 가게 하는 큰딸년네 둘리 들와야지
자슥들 사 남매 중 딴 자슥은 걱정 없는데
만날 큰딸 걱정이라 나 죽기 전에
우리 큰딸네 잘산다는 소리 한 번 들어봤으만
원이 없을 낀데

그기 머 걱정한다꼬 댈 일이 아니다만
저녁때는 밥 먹고 나서는
연속극이나 보고 자는 기지 머
머 할 일 있나 영감님 팔십 고개 넘으셨으이
그저 힘 안 들이고 북망산천 가시고
내 그저 쪼매 더 살다가
저녁 잘 묵고 잔 자리에 고마 가는 게
남은 숙제구마 자슥들 편쿠로
자잔고 소리 났제 영감님 오싯는가 비네
점심 채리야 돼여
내 이리 산다.

# 앙콜극장, 어무이의 가을 이야기

돈이 한 푼 남을라카만
품을 너댓품 들이야 되고
꼬치까리 한 근 쥘라카만
땀을 댓 근은 흘리야 하고
이레 다리 질질 끌고 다닐라카만
을매나 마이 일났다 앉았다
비름빡을 잡고 용을 써야 하는 긴지
마이 살았꾸마
고마 잠자드끼
가야될낀데.

# 잠이 오지 않는 밤

고향 소식을 전하는
TV 프로그램에서
"엄마! 나 때문에 너무 울지 마세요!"
늙은 아들이
아직 고향에 계신다는 어머니께
눈물을 보냅니다
고개를 떨굽니다
객지의 아들 때문에 긴 밤
베갯머리를 적신다는
고향만큼 주름진 엄마!
고향은 이제 무엇을 키워
눈물을 만드나?

# 첫눈

꺼슬꺼슬한 인생의 녹을 털어내며
적막한 작업실로 좀 헐렁해진
친구들 몇 놀러 와
술잔 잡았습니다
– 언젠가의 밤이 남아있군
누군가의 혼잣말이 낡은 탁자 위의
희미한 얼룩을 지우며
접어진 밤을 펼칩니다
애틋한 밑줄 하나 분명히 긋지 못하고
살아온 날들이 어지러이
술상 위에 모였다가 흩어집니다
지금이라는 시간 또한 저문 밤을
가까스로 밝히고 선 시골 간이역처럼
군데군데 서 있겠지요
미뤄두었던 빨랫감처럼
아침은 곧 올 겁니다.
술잔 앞에서 자꾸 정신이 차려지네요.

# 지금


다음은 아니야
지금이야

지금 나는
커피를 내리거나

밥을 먹거나
사람을 만나거나

술을 마시거나
지금 저녁임을 안 지렁이를 뚫어지게 보거나 혹은
피하거나

조그만 상점에 앉아 장사를 열심히 하거나
웃거나
울거나
가만히 있거나

그러기엔 모두 지금뿐
난 그렇게
지금으로 걸어 나온다


나와 너무
멀어지기 싫은 까닭으로.

## 제4부

내면의 회로를, 바꾸는…

# 이숙희

이순신은
왜란 종결자
고흐는
예술계의
암호
시인 이숙희는
생활 종사자.

# 외출

수급불균형의
불안정한
내면의 회로를,
바꾸는…
선량한 기본값.

# 삶

오늘이라는
페이지에 그은
지금이라는
밑줄.

# 명상

손님이 들어오거나
손님이 뜸하거나
손님 없이 혼자일 때나
모두 명상의 시간

누군가와 나의 거리는
혹은 무엇인가와 나의 거리는
캄캄한 밤
잔잔하고 힘 있는
별이 뜬 듯
무사한 생과의
교감.

# 금주

살아있는 동안의
아침 문안.

다 시든 꽃다발에 묶인
리본


어느 날을
완성했던
작은
몸뚱이.

# 어떤 대답

외로운 어둠에 직면했을 때
무엇이 무엇인지 엉켰을 때
그리고 좀 두려울 때
조용히 네 자신에게
질문을 해. 눈을 감아!
가장 선명하게
떠오르는 것이
그 대답이야!

# 걸어야 할 결심

힘들지 않은
생이 있을까요
오늘도
셀 수 없는 싸움 후에…
돌아오는 '집'이라는 안식처
조용히 또 다른 마감이
기다리는 시간
요시토모 나라*에 등장하는
반창고투성이의 찢어진 눈을 가진
소녀가 왜 그런 모습이었는지,
그 싸움의 원인이 무엇이었는지…
오늘의 내 발걸음은
아주 오랜만에
요시토모 나라에게로 간다.


*요시토보 나라＝일본 출생 · 예술가

# 2022년 11월 28일, 새벽 3시 2분 전

이만큼 살았는데도
자꾸 스스로에게 물을 일이 있다
삶이 자꾸
어색해질 때가 많다
얼마나 더 살아내야
나를 발견할 수 있는 것인가
늦가을 비가 내리고 나면
부쩍 추워진다는
일기예보 앞에
물음이 길어진다.

# 칼국수를 먹으며

내 책 한 권이
내가 쓴 시 한 편이
우연히 들른 소박한 칼국숫집
뜨끈한 한 그릇
칼국수만은 한 건가
그렇게 기억되기나 할 건가
기운 없는 어느 하루
그 점심 한 때만큼
슬그머니 돌아나기나 할 건가
국수 한 그릇 다 먹도록
뜨듯함이 남은 그릇을 부여잡으며
부려보는 욕심
한 다발!

# 2022년 7월 26일 새벽 4시 37분

동대문 새벽시장을 다녀와서
물건들을 가게에 내려놓고
함께 시장에 간 지인이
내려 준 집 앞 골목에서
들리는 가을의 소리
'어, 벌써 귀뚜라미 울어요'
뜨거움의 정수리를 관통하는 건
누구까지이냐?
그래 귀뚜라미야
너도 끼워줄게.

# 2004년 5월 11일, 화요일

선생님*이
곁에 계십니다
오늘이 오늘이 되고
우리가 우리가 됩니다
안양문예회관에서 오전 11:30분~12:20분
산동성(중국집)에서 오후 12:30분~1시:45분
평촌도서관에서 오후 2:00시~3시:35분
김미자 씨 집에서 오후 4:00시~5:00시
그리고 그리운 날이 됩니다
그리울 날을 세워 둡니다.

＊신생님＝시인 김내규

# 출근길

누구든 제 아는 만큼 산다
제 사는 만큼 안다
사랑을 더 주는 이 있고
사랑을 더 받는 이 있다
아는 만큼이 달라
한 발 더 나서는 이 있고
한 발이 부끄러운 이 있다
미처 몰랐거나,
스스로 누락시켰던
'나'를 더듬어
천천히, 느긋하게
한발을 떼 본다.

# 가을 일기

낡은 책방에서,
한참을 구부린 채
두어 권 책을
가려내고…
흰 구름 두둥 떠다니는
가을을 고래고래
마신다.

# 땀의 결과

축구는 한 발로 얼마나
잘 설 수 있는가의 문제
골이라는 절대의 결정물은
굳건한 두 발이 아니라
끝없이 외로운 한 발을
요구하는 것
절명의 모서리를 골라야 하는 것
내 당신을 사랑하고
사랑하는 것
또한 이처럼 또렷한
땀의 결과.

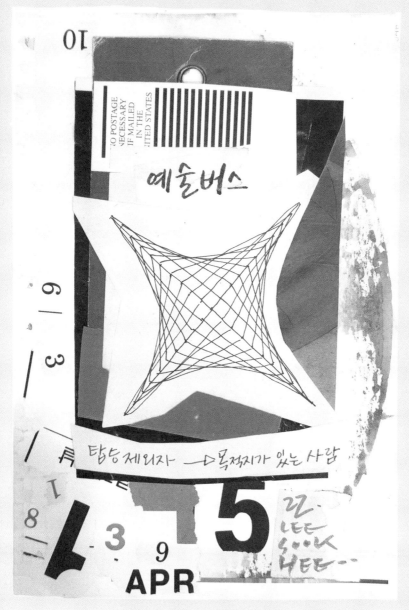

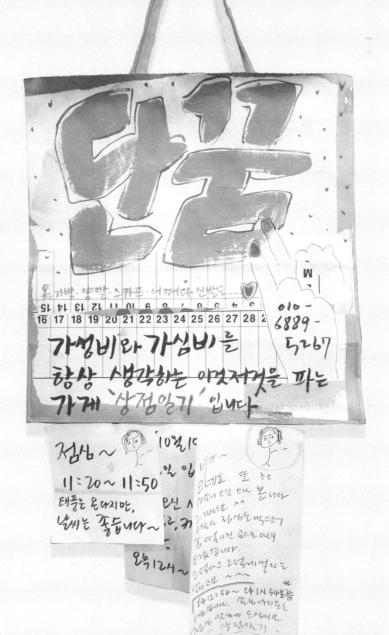

2018
둘이서

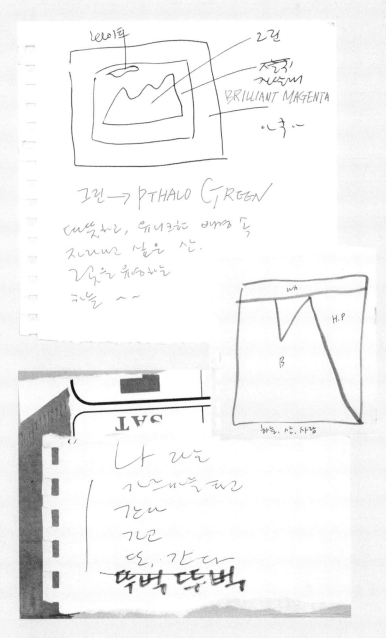

己亥 11·9

29 3

5 丙午 11·16

0 11 12 13 14

# 28

甲辰 🐉 11·14 乙巳 🐍

| | 1 | 2 | 3 | 4 | 5 | 6 | 7 | 8 | 9 |
|---|---|---|---|---|---|---|---|---|---|
| | | | | | | | | | |
| | | | | | | | | | |

내가 쓴 시간 22·원 내 E···  LEE SOOK

내가 쓴 시간 2·'99

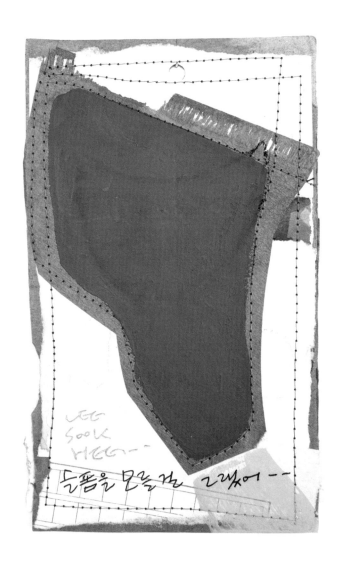

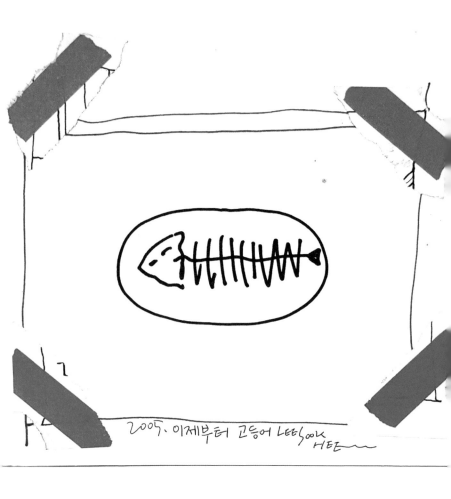

2005. 이제부터 고등어 LEESOOK
이토

연못으로
놀러오는 바람
2019. ㄴㄸ ... ㅐ...

원고지가 있는 방 · 107

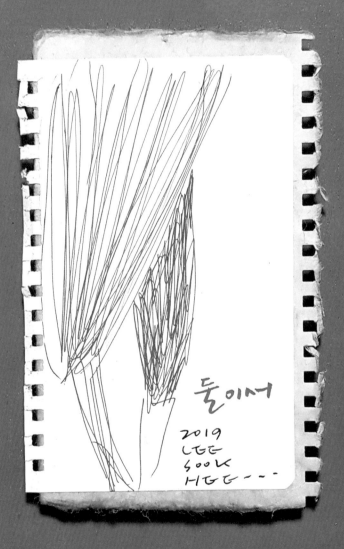

둘이서

2019
LEE
SOOK
HEE~~~